El mitón

Un cuento ucraniano
adaptado e ilustrado por

JAN BRETT

SCHOLASTIC INC.
New York Toronto London Auckland Sydney
Mexico City New Delhi Hong Kong Buenos Aires

Con especial agradecimiento
a mi amiga ucraniana, Oksana Piaseckyj

Originally published in English
as *The Mitten*

Translated by Miriam Fabiancic.

ISBN 0-439-55610-4

12 11 10 9 8 7 6 7 8/0

Printed in the U.S.A. 8

First Spanish printing, November 2003

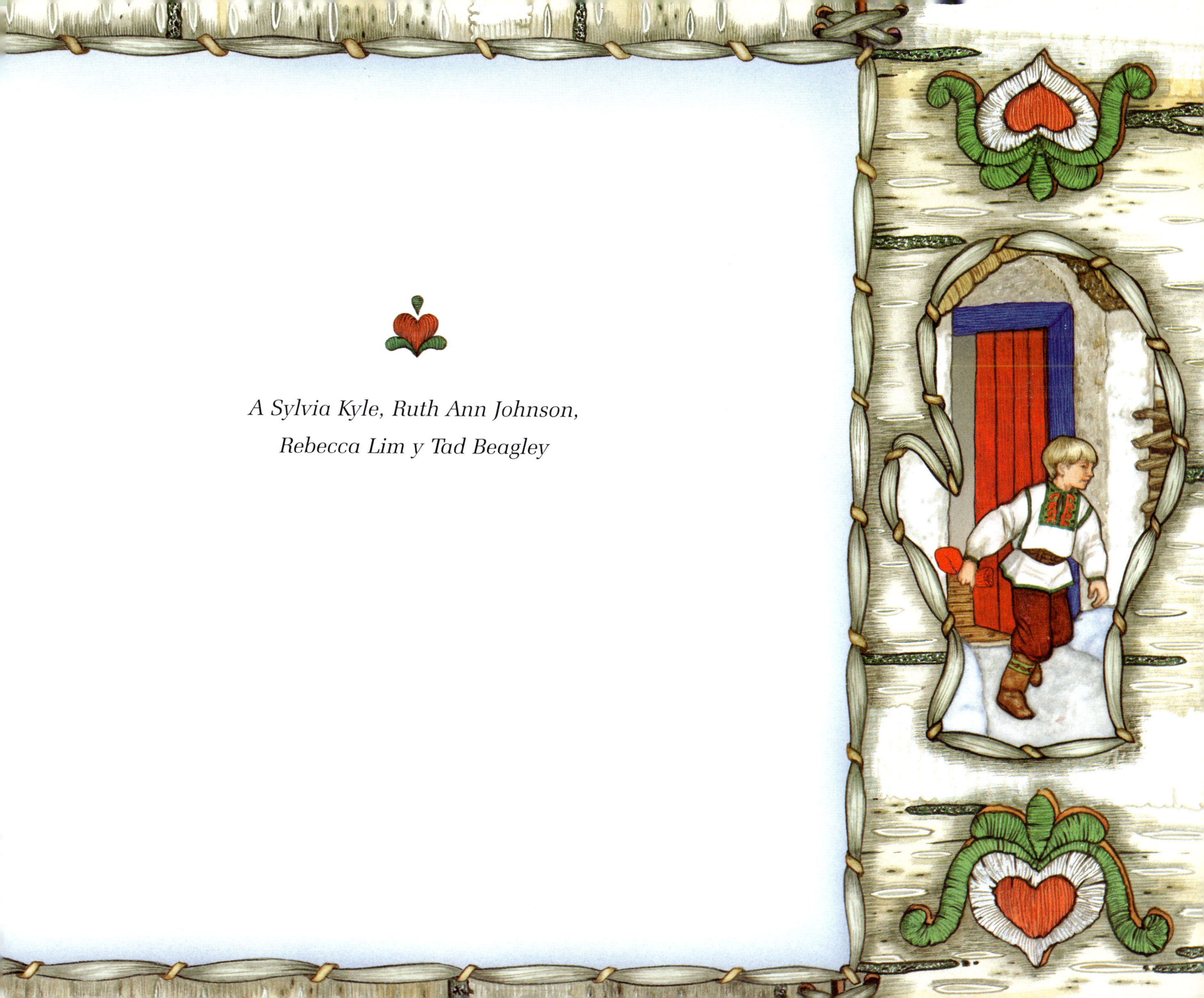

A Sylvia Kyle, Ruth Ann Johnson,

Rebecca Lim y Tad Beagley

Había una vez un niño llamado Nicki que quería que le hicieran un par de mitones de lana blancos como la nieve.

Al principio, su abuela Babu no quería tejerle mitones blancos.

—Si se te cae uno en la nieve, nunca lo encontrarás —le advirtió.

Pero Nicki quería mitones blancos, y por fin, Babu se los tejió.

Cuando los terminó, le dijo:

—Cuando regreses, lo primero que haré es ver si estás sano y salvo, y luego, veré si todavía tienes tus mitones blancos como la nieve.

Así que Nicki salió a dar un paseo. Al poco rato, se le cayó uno de los mitones en la nieve y no se dio cuenta.

Un topo, cansado de cavar túneles, descubrió el mitón y se metió en él. Allí dentro estaba muy cómodo y calentito, y el tamaño era perfecto, así que decidió quedarse.

Un conejo blanco se acercó dando saltos. Se detuvo para admirar su pelaje de invierno. En ese momento, vio el mitón y se metió como culebra, con las patas traseras primero. El topo pensaba que allí no cabían los dos, pero al ver las enormes patas del conejo, se hizo a un lado.

Más tarde, apareció un puercoespín husmeando por ahí. Se había pasado todo el día buscando algo para comer bajo las hojas mojadas, así que decidió meterse en el mitón para entrar en calor. Al topo y al conejo les molestaron los golpes y empujones, pero no querían discutir con alguien lleno de púas, y le hicieron sitio.

En cuanto el puercoespín terminó de acomodarse, llegó un búho grandote, intrigado por el alboroto. Cuando él también decidió meterse, el topo, el conejo y el puercoespín protestaron. Pero al ver las garras afiladas del búho, se apresuraron a hacerle sitio.

Un tejón salió de la nieve. Echó una mirada al mitón y empezó a meterse. El topo, el conejo, el puercoespín y el búho no estaban muy complacidos. Ya no quedaba sitio para nadie, pero al ver sus potentes patas excavadoras, lo dejaron pasar.

Empezó a nevar, pero los animales estaban muy calentitos en el mitón. Del mitón surgió un tibio halo de vapor, y un zorro que andaba por ahí se detuvo a investigar. Al ver el mitón tan abrigadito, le dieron ganas de dormir una siesta. El zorro metió su hocico. Cuando el topo, el conejo, el puercoespín, el búho y el tejón vieron sus dientes brillantes, le hicieron un montón de sitio.

Un enorme oso paseaba por allí y vio el mitón bien gordito. A él tampoco le gustaba la idea de quedarse solo pasando frío, así que metió su nariz y empezó a hacerse sitio. Todos los animales estaban tan apretados que no cabía ni un alfiler. ¿Pero quién le iba a decir al oso que no?

El mitón se infló, se estiró y se volvió mucho más grande.
Pero el tejido de Babu aguantaba bien.

Entonces apareció un ratón de campo, chiquito como una bellota. Consiguió meterse en el único espacio libre que quedaba y se acomodó sobre el hocico del oso.

El ratón, con sus bigotes, le hizo cosquillas al oso, que estornudó estrepitosamente.

¡Aaaaaaaa—chúúúúúúúúúúú!

Con la fuerza del estornudo, el mitón se elevó por el aire y todos los animales salieron volando.

En el camino de regreso a casa, Nicki vio algo blanco a lo lejos. Era su mitón perdido que se perfilaba en el cielo azul.

Mientras corría para atrapar su mitón blanco al vuelo, vio la cara de Babu en la ventana. Lo primero que hizo Babu fue ver si estaba sano y salvo, y después, se fijó si traía los mitones nuevos.